Le

Je veux être le meill
De tous les Dresseurs.
Sans aucun répit,
Je relèverai les défis!
Attrapez-les! Attrapez-les tous! Pokémon!
Je chercherai partout,
J'irai jusqu'au bout.
Je suis déterminé,
À tous les attraper!
Attrapez-les! Attrapez-les! Attrapez-les tous! Pokémon!
Y'en a plus de 150 que tu peux attraper.
Devenir Maître Pokémon,
C'est ma destinée!
Attrapez-les! Attrapez-les! Attrapez-les tous!
Attrapez-les tous! Pokémon!

Peux-tu nommer les 150 Pokémon?
Voici la suite du PokéRap.

Artikodin, Lippoutou, Nidorina, Dardargnan,
Spectrum, Carapuce, Leveinard,
Parasect, Noeunoeuf, Grotadmorv, Lamantine,
Roucoups, Lokhlass, Goupix, Rhinoféros.

Dracaufeu, Mackogneur, Scarabrute, Smogo,
Triopikeur, Nosferalto, Stari, Magicarpe,
Feunard, Abo, Amonistar,
Insécateur, Tentacool, Draco, Magmar.

Insécateur, cœur de champion

Catalogage avant publication de Bibliothèque et Archives Canada
Higginson, Sheila Sweeny, 1966-
[Scyther, heart of a champion. Français]
Insécateur, coeur de champion / adaptation de Sheila Sweeny ;
texte français du Groupe Syntagme.
(Pokémon)
Traduction de : Scyther, heart of a champion.
Publié antérieurement sous le titre : Scyther, coeur de champion. 2001.
ISBN 978-1-4431-6056-8 (couverture souple)
I. Titre. II. Titre: Scyther, heart of a champion. Français.
III. Titre: Scyther, coeur de champion.
PZ23.S965Ins 2017   j813'.54   C2016-908145-1

L'éditeur n'exerce aucun contrôle sur les sites Web de tiers et de l'auteure et ne
saurait être tenu responsable de leur contenu.

Ce livre est une œuvre de fiction. Les noms, personnages, lieux et incidents
mentionnés sont le fruit de l'imagination de l'auteure ou utilisés à titre
fictif. Toute ressemblance avec des personnes, vivantes ou non, ou avec des
entreprises, des événements ou des lieux réels est purement fortuite.

Édition publiée par les Éditions Scholastic, 604, rue King Ouest, Toronto
(Ontario) M5V 1E1

5 4 3 2 1   Imprimé au Canada 121   17 18 19 20 21

MIXTE
Papier issu de
sources responsables
FSC® C004071

Adaptation de Sheila Sweeney
Texte français du Groupe Syntagme

SCHOLASTIC

L'île des insectes

— Regardez! C'est l'île Cachou! s'écrie Sacha Ketchum en montrant du doigt une île recouverte d'épaisses forêts.

Sacha et Pikachu, son Pokémon Souris de type Électrik, sont installés sur le dos du fidèle Lokhlass, un Pokémon bleu de type Eau à l'allure majestueuse. Les amis de Sacha, Ondine et Jacky, sont là eux aussi. Ondine tient dans ses bras Togepi, un bébé Pokémon sorti d'un Œuf de Pokémon rare.

Sacha a très hâte d'arriver à l'île Cachou pour vivre de nouvelles aventures.

— Allons-y! dit Sacha à ses amis.

Il coiffe ses cheveux noirs en bataille de sa casquette

rouge et blanc.

Sacha est prêt à explorer l'île. Lorsqu'il a eu dix ans, il a quitté son village natal pour entreprendre un voyage et chercher de nouveaux Pokémon, des créatures aux pouvoirs étonnants, et se battre contre des Champions d'Arène pour obtenir des Badges. Afin de réaliser son grand rêve de devenir un Maître Pokémon, il doit capturer et dresser tous les types de Pokémon. Son périple l'a emmené bien loin, jusque dans l'Archipel Orange. Ses amis et lui ont vu des choses étonnantes dans les îles, et il sent que l'île Cachou ne les décevra pas non plus.

— Aaaah! hurle Ondine en entendant un énorme

Dardargnan bourdonner au-dessus de sa tête. Ce Pokémon de type Insecte-Poison ressemble à une grosse abeille féroce.

Ondine serre Togepi un peu plus fort. Ses cheveux orangés brillent dans le soleil.

Mais Jacky, lui, est tout excité.

– L'île Cachou regorge de nombreux Pokémon de type Insecte, dit-il. Nous découvrirons peut-être même un nouveau Pokémon.

Jacky est un Dresseur et un Observateur Pokémon. Il est un peu plus âgé que Sacha et porte un bandeau dans ses cheveux sombres. Jacky est toujours à la recherche de nouveaux Pokémon à étudier et à dessiner.

Lokhlass nage jusqu'au rivage. Sacha et ses amis sautent sur la plage.

– Merci pour le transport, Lokhlass, dit Sacha en

sortant une Poké Ball.

Sacha rappelle Lokhlass et replace la Poké Ball sur sa ceinture.

Jacky sort deux de ses Poké Balls.

– Marill! s'écrie Jacky.

Un Pokémon apparaît. Marill ressemble à une souris bleue grassouillette avec de grandes oreilles. Sa longue queue se termine par une balle ronde.

– Mimitoss! s'écrie Jacky.

Un Pokémon de type Insecte velu vient prendre place aux côtés de Marill. Mimitoss a deux yeux rouges et ronds, deux pieds plats, mais pas de bras.

Sacha et Jacky sont prêts à commencer à capturer des Pokémon. Mais Ondine préférerait remonter sur le dos de Lokhlass et déguerpir.

– Mais qu'est-ce qu'elle a? demande Jacky.

Il s'étonne du comportement d'Ondine qui, habituellement, est une fonceuse.

— Ondine a peur des Pokémon de type Insecte, explique Sacha.

— Oh, je comprends! s'exclame Jacky en se tournant vers Ondine. Quand il est question d'insecte, Ondine est une poule mouillée!

— C'est moi que tu traites de poule mouillée? rétorque Ondine, fâchée.

— Ne t'inquiète pas, Ondine, la réconforte Jacky, Marill et Mimitoss nous défendront.

Sacha regarde Mimitoss et Marill s'enfoncer dans les bois.

— Les yeux radar de Mimitoss et l'ouïe hyperdéveloppée de Marill nous aideront à trouver de nouveaux Pokémon, explique Jacky.

Sacha hoche la tête. Les Pokémon de Jacky se sont révélés très utiles au cours de leurs aventures.

Mimitoss et Marill conduisent Sacha et les autres à une clairière. Un groupe de petits Pokémon verts de type Insecte rampent dans l'herbe.

– Super! Des Chenipan! s'émerveille Sacha.

Ondine leur jette un coup d'œil et détourne la tête.

– Beurk! Je déteste les insectes! Avez-vous entendu? Je les déteste! répète-t-elle en amenant Sacha et Pikachu plus loin.

Soudain, ils entendent un bruit qui provient des arbres. Ils s'arrêtent. Un énorme Pokémon dont le corps brun est surmonté de deux cornes acérées saute devant eux. Il lève ses terribles pinces dans les airs. Il s'agit d'un Scarabrute, Sacha le sait. Ondine

trouve maintenant que les Chenipan étaient plutôt sympathiques, après tout. Elle s'agrippe au bras de Sacha. Ils reviennent vite sur leurs pas pour rejoindre Jacky.

Sacha raconte à Jacky leur rencontre avec l'effrayant Scarabrute.

– Les Scarabrute sont plutôt impressionnants, dit Jacky, mais ils ne sont pas extrêmement rares. J'espère que Marill et Mimitoss trouveront un Pokémon vraiment rare.

Soudain, Mimitoss et Marill se tournent vers les bois.

– Il y a quelque chose dans cette direction s'exclame Jacky, enthousiaste.

Il court derrière ses Pokémon. Sacha et les autres le suivent.

Bientôt, les amis débouchent dans une clairière.

Mimitoss et Marill ont trouvé quelque chose, ça

ne fait aucun doute. Un grand Pokémon vert aux ailes coupantes comme des rasoirs est étendu sur le sol. Il semble très malade.

Sacha sort vite Dexter, son Pokédex. Le petit ordinateur contient des renseignements sur tous les types de Pokémon.

« Insécateur, le Pokémon Mante. Il utilise ses ailes coupantes pour capturer ses proies. Il peut également utiliser ses ailes pour voler. Les humains le voient rarement, et rares sont les spécimens qui ont été capturés », explique Dexter.

Sacha, Ondine, Jacky et Pikachu s'approchent de l'Insécateur pour mieux le voir. Soudain, il ouvre les yeux et geint. Les amis reculent rapidement.

– Il a l'air fâché, commente Ondine.

– Laisse-moi voir tes blessures, Insécateur, murmure Jacky d'un ton doux.

Il s'approche lentement de la grosse créature.

Insécateur se remet debout. Il semble prêt à attaquer les amis.

– Dans ce cas... dit Sacha.

Il sort une Poké Ball pour le capturer.

– Mais qu'est-ce que tu fais, Sacha? demande Jacky.

– Je vais capturer cet Insécateur. Ensuite, je vais l'apporter au Centre Pokémon pour qu'il se fasse soigner, explique Sacha.

Il lance la Poké Ball dans la direction de l'Insécateur.

– Poké Ball, va! s'écrie Sacha.

La Poké Ball file dans les airs. D'un coup d'aile, Insécateur la fait voler au loin.

Sacha a du mal à croire ce qu'il vient de voir. Insécateur refuse de se faire attraper!

– Comment a-t-il pu faire cela? demande Ondine. Il semble si faible.

Sacha fronce les sourcils. C'est vrai qu'Insécateur a l'air faible. Il faut l'emmener au Centre Pokémon sans tarder. Mais Insécateur ne semble pas vouloir abandonner la partie si facilement. En fait, il semble prêt à se battre!

2

Insécateur attaque

    – Si cet Insécateur veut se battre, il va être servi! s'exclame Sacha. Vas-y, Pikachu!

    Pikachu est le premier Pokémon de Sacha. Le petit Pokémon de type Électrik s'est toujours battu bravement pour Sacha. Même si Insécateur est beaucoup plus imposant, Pikachu est prêt à relever le défi.

    – Attends! s'écrie Jacky avant que Pikachu n'atteigne Insécateur. Il est trop faible pour se battre.

    – Tu voudrais que je le laisse ici? demande Sacha. Écoute, Jacky, c'est un Pokémon rare. Et en plus, il a besoin d'aide.

    – Laisse-moi faire, réplique Jacky. À toi de jouer, Mimitoss, dit-il à son Pokémon.

Mimitoss s'approche doucement d'Insécateur. Mimitoss est à peine plus gros que Pikachu. Lui non plus ne semble pas être de taille contre Insécateur. Mais Jacky sait que Mimitoss peut avoir recours à de puissantes techniques d'empoisonnement.

– Tu peux y arriver, Mimitoss! s'écrie-t-il. Poudre Dodo!

Mimitoss lance sa Poudre Dodo. Insécateur, affaibli, ne peut résister. Il s'endort profondément.

– Ça marche! s'exclame Sacha.

Jacky lance une Poké Ball vers Insécateur. Elle s'ouvre. Dans un éclat de lumière, Insécateur disparaît.

Ils ont réussi à l'attraper!

– Vite, lance Jacky à ses amis, rendons-nous dans un Centre Pokémon!

Les amis traversent la forêt, trop préoccupés pour remarquer la grosse montgolfière qui flotte au-dessus de leur tête. Dans la nacelle se trouvent Jessie, James et Miaouss, un trio de voleurs de Pokémon connu sous le nom de Team Rocket. Le ballon a la forme de Miaouss, un Pokémon Chadégout au pelage clair.

Les voleurs promènent leurs jumelles sur la forêt jusqu'à ce qu'ils repèrent Sacha et ses amis.

– Tiens, les Dresseurs Pokémon que nous adorons dépouiller! s'exclame Jessie, une grande adolescente

vêtue d'un uniforme blanc.

– Allons-y! s'écrie James, son partenaire.

James a les cheveux bleus et porte un uniforme semblable à celui de Jessie.

Ce que la Team Rocket n'a pas remarqué, toutefois, c'est qu'un Dardargnan s'approche à toute vitesse. Le Dardargnan perce un trou dans le ballon avec son dard acéré.

– On dirait qu'on se dégonfle! s'exclame James tandis que la montgolfière perd de l'altitude et finit par s'écraser sur l'île.

Jessie, James et Miaouss regardent autour d'eux les étranges Pokémon de type Insecte qui peuplent l'île Cachou.

— Où sommes-nous? demande Jessie.

— En tout cas, ça grouille d'insectes, fait remarquer James en frissonnant.

— Ouais, approuve Miaouss. Il y a même un essaim d'Insécateur qui fonce sur nous!

Schlac! Les Insécateur agitent leurs ailes dans les airs comme des épées.

Schliiic! Les Insécateur avancent si vite que la Team Rocket n'a rien vu venir.

Les trois escrocs ferment les yeux pour ne pas voir le nuage métallique qui les entoure. Lorsque tout redevient calme, ils se risquent à ouvrir les yeux.

Jessie se tapote pour s'assurer qu'elle est encore en un seul morceau.

— Ouf! On l'a échappé belle! soupire-t-elle, soulagée.

— J'ai pensé que mon heure était venue! renchérit James.

Puis Miaouss et lui regardent Jessie, les yeux ronds. Ils ont du mal à contenir leur fou rire.

— Qu'est-ce qu'il y a? grogne Jessie.

— Euh... Jessie... c'est que...

James ne veut pas lui annoncer la mauvaise nouvelle.

— ... tes cheveux ont raccourci! dit Miaouss en miaulant.

Jessie se passe la main dans les cheveux. De ses superbes longs cheveux rouges, il ne reste que de minables petites touffes. Un des Insécateur a coupé ses beaux cheveux!

– Cet Insécateur va avoir de mes nouvelles! hurle-t-elle. Il va me le payer!

– Pourquoi attraper *un* seul Insécateur lorsque nous pourrions nous approprier *l'essaim* au complet? demande Miaouss.

– Penses-tu que ce soit possible? demandent Jessie et James, incertains.

– Bien sûr! Si nous avions un essaim d'Insécateur

à notre service, nous serions tout simplement imbattables! explique Miaouss.

— Ouais! approuve James. Nous pourrions venger Jessie et le boss nous couvrirait d'éloges!

— Qu'est-ce qu'on attend? s'exclame Jessie. Je veux me venger de ces insectes insolents!

3

Insécateur
reprend des forces

– Je me demande pourquoi Insécateur voulait continuer à se battre alors qu'il était si affaibli, déclare Sacha.

Sacha, Ondine et Jacky sont au Centre Pokémon de l'île Cachou. L'Infirmière Joëlle, une experte en Pokémon aux cheveux roux, soigne l'Insécateur blessé. Deux Leveinard roses et rebondis l'assistent dans son travail. Les amis attendent impatiemment à l'extérieur de la salle d'opération.

– Hé, regardez! s'exclame Ondine en jetant un coup d'œil par la vitre de la salle d'opération. Insécateur n'arrête pas de nous épier.

L'Infirmière Joëlle sort pour parler aux amis.

— Comment va Insécateur? demande Sacha.

— Je regrette, mais il ne va pas très bien, répond l'Infirmière Joëlle. Il lui faudra du temps pour se remettre.

— D'après vous, que lui est-il arrivé? lui demande Sacha. Peut-être que si nous connaissions la cause de ses blessures, nous pourrions l'aider à se rétablir.

— Ce vieux guerrier a dû perdre sa dernière bataille pour être le chef de son essaim, explique l'Infirmière Joëlle.

— Comment savez-vous que cet Insécateur était le chef de son essaim? demande Jacky.

— Eh bien, poursuit l'Infirmière Joëlle, un vieil Insécateur ne peut souffrir de ce genre de blessures qu'en se battant contre un autre Insécateur.

Sacha ne comprend toujours pas.

— Mais s'il est si fort, comment se fait-il qu'il ait perdu le combat?

— Habituellement, c'est un Insécateur plus jeune et plus rapide qui lance un défi au chef. Quelquefois, la vitesse et la force peuvent avoir raison du Pokémon le plus expérimenté, continue l'Infirmière Joëlle. Lorsque le chef perd contre un autre Insécateur, il est exclu de l'essaim. À moins de gagner une autre bataille pour redevenir chef, il doit continuer à vivre seul.

Sacha est absorbé par les explications de l'Infirmière Joëlle lorsqu'il entend une sonnerie.

– C'est le vidéophone, dit Sacha.

L'Infirmière Joëlle allume l'appareil. Le Professeur Chen, le plus grand expert en Pokémon, apparaît à l'écran.

C'est à la suite d'une demande du Professeur Chen que Sacha est venu dans l'Archipel Orange pour chercher une mystérieuse GS Ball or et argent.

– Bonjour, Professeur Chen, dit Sacha à son mentor. Je vous présente mon ami Jacky. C'est un excellent Observateur Pokémon. Il a capturé l'Insécateur que soigne l'Infirmière Joëlle.

– Tu dois être vraiment fier de ta prise, Jacky, déclare le Professeur Chen. Toutes mes félicitations!

Jacky semble embarrassé.

– Ouais, j'imagine.

– Tu n'es pas content de l'avoir capturé? s'étonne le Professeur Chen.

Jacky regarde Insécateur qui est étendu sur un lit. Il continue de geindre et de les regarder fixement.

– Il n'a pas l'air de m'aimer, répond tristement Jacky.

– Les Insécateur sont de fiers guerriers, explique le Professeur Chen. Insécateur doit avoir l'impression d'avoir perdu son honneur tout d'abord en se faisant remplacer comme chef, puis en étant capturé par toi.

– Est-ce que je peux faire quelque chose? demande Jacky plein d'espoir.

– N'oublie pas que chaque Pokémon a des émotions et une personnalité qui lui sont propres. Tu dois essayer d'aider Insécateur à retrouver confiance en lui et en ses forces, répond le Professeur Chen.

Sacha lit la détermination sur le visage de son ami. Il sait que Jacky réfléchit aux paroles du Professeur Chen. Il le regarde s'avancer vers Insécateur. Sacha reste sur le pas de la porte, mais il peut entendre Jacky murmurer :

– Je suis désolé, Insécateur. Ce doit être très pénible pour toi d'avoir été capturé sans avoir pu te battre.

Insécateur lève les yeux vers Jacky et geint.

– Mais en tant que Dresseur, je ne pouvais pas me

résigner à te laisser, explique Jacky. Je ne pensais vraiment pas te faire du mal.

Sacha entre dans la pièce.

– J'ai une idée, Jacky, dit-il à son ami. Si nous organisions un combat revanche avec l'autre Insécateur? Insécateur est un guerrier-né. C'est lorsqu'il se bat qu'il est heureux.

Insécateur écoute les paroles de Sacha et se tourne vers lui. Il semble déjà en meilleure forme.

Jacky s'adresse au Pokémon :

– Qu'est-ce que tu en penses, Insécateur? Lorsque tu iras mieux, tu pourras y retourner et prendre ta revanche! Je pourrais même t'aider à t'entraîner, si tu

Je veux bien!

Soudain, Insécateur commence à battre des ailes. Il s'élève au-dessus du lit. L'Infirmière Joëlle et les amis sont pris de panique.

— Non, attends! le supplie l'Infirmière Joëlle. Il faut que tu restes sans bouger!

Insécateur s'éloigne de Jacky et fracasse la vitre pour s'enfuir. Les amis l'appellent.

— Insécateur! Insécateur! Reviens! Tu n'as pas encore repris toutes tes forces!

Mais il est trop tard. Insécateur est déjà hors de vue.

Sacha sort tout de suite après Insécateur.

— Allons-y, dit-il à ses amis. Je parie qu'Insécateur va retrouver le nouveau chef de l'essaim pour prendre sa revanche!

4

La vengeance est parfois amère

– Attention, chuchote Sacha aux autres. Regardez là-bas.

Sacha a aperçu la Team Rocket cachée dans les buissons. Les voleurs de Pokémon espionnent l'essaim d'Insécateur qui les a attaqués et qui a coupé les cheveux de Jessie.

– L'heure de la vengeance a sonné! s'écrie Jessie.

Jessie pointe sur l'essaim un instrument qui ressemble à un télescope.

– Je vais vous régler votre compte! s'écrie-t-elle.

Avec son instrument, elle tire un missile. Celui-ci file dans les airs. Puis il explose, répandant sur tout l'essaim d'Insécateur une pâte collante et jaune. Les Insécateur sont tous prisonniers de cette bouillie visqueuse.

Tandis que les Pokémon se tortillent et se débattent

pour tenter de s'échapper, la Team Rocket lance une autre attaque. Cette fois, un filet tombe sur l'essaim paralysé.

– Vous pensiez que vous pouviez me couper les cheveux et vous en tirer? lance Jessie en ricanant. Eh bien, maintenant, c'est à moi de vous couper le sifflet!

Les Insécateur tentent en vain de trancher le filet, mais ils ne peuvent pas bouger. La bouillie collante les

empêche de faire le moindre mouvement.

– Oh non! s'écrie Sacha. Il faut les secourir!

À ces mots, quelque chose tombe d'un arbre tout près. C'est l'Insécateur de Jacky! Son corps est peut-être affaibli, mais son cœur est toujours aussi vaillant.

Avec ses ailes acérées, Insécateur tranche le dessus du filet. Celui-ci s'ouvre, et les Insécateur qui étaient prisonniers en sortent. Ils sont libres!

– Qu'est-ce qui se passe? demande Jessie.

Sacha sort de sa cachette. Ses amis le suivent. À ce moment-là, ils remarquent la nouvelle coupe de cheveux de Jessie et éclatent de rire.

– Qu'est-ce qu'il y a de si drôle? siffle Jessie.

– On admirait seulement ta nouvelle coiffure,

répond Ondine en pouffant de rire.

    – Es-tu en train de m'insulter? Préparez-vous à avoir des ennuis.

    Jessie et James improvisent un nouveau cri de guerre qu'ils lancent à tour de rôle :

    – Afin de protéger ma tête de l'humiliation.

    – Parce qu'elle ne peut plus se crêper le chignon.

    – Ma chevelure était mon seul trésor.

    – Ceux qui l'ont coupée ont certainement eu tort.

    – Jessie!

    – James!

    – La Team Rocket coupe les cheveux en quatre. Rendez-vous tous ou nous allons vous battre.

    – *Miaouss!* C'est au poil! ajoute Miaouss.

– Capturons Pikachu et tous ces Insécateur en même temps.

Sacha est prêt à se battre.

– Vas-y, Pikachu! ordonne-t-il.

– *Pika*, couine Pikachu en fonçant sur la Team Rocket.

James sort rapidement une Poké Ball. Il libère un Pokémon qui ressemble à un nuage de fumée mauve à deux têtes. C'est Smogogo, un Pokémon Gaz Mortel de type Poison.

– Smogogo, attaque Brouillard! ordonne James.

Un brouillard gris recouvre Sacha et ses amis. Ils se mettent à tousser. Étouffé, Pikachu ne peut rien faire. *Oh non*, se dit Sacha. *La Team Rocket pourrait bien gagner, cette fois!*

Puis on entend un bruissement d'ailes. Sacha regarde dans les airs. L'Insécateur de Jacky virevolte comme une toupie, créant un vent violent qui réussit à dissiper toute la fumée!

— Qu'est-ce qu'il fait? demande Sacha à Dexter après avoir repris son souffle.

« Danse-Lames, attaque d'Insécateur au niveau supérieur. Cette technique lui permet de concentrer son énergie et d'augmenter sa puissance », explique Dexter.

Insécateur replie ses ailes. Il atterrit sur le sol devant Miaouss.

— *Insécateur*, menace-t-il d'une voix rauque.

Miaouss comprend la langue de la plupart des Pokémon. Le Pokémon Chadégout hoche la tête.

— Ouais, ouais, tu m'en diras tant.

— Qu'est-ce qu'il dit? demande James à Miaouss.

Miaouss parle de sa voix la plus profonde.

Il dit : « Je ne suis peut-être plus leur chef, mais je ne vous laisserai pas les approcher. »

Mais la Team Rocket n'abandonne pas la partie si facilement.

— Arbok! s'écrie Jessie en lançant une Poké Ball dans les airs.

Un Pokémon de type Poison qui ressemble à un cobra apparaît.

– Empiflor! renchérit James.

Il laisse s'échapper un Pokémon qui ressemble à une immense plante jaune.

Jessie lance une autre Poké Ball dans les airs.

– Excelangue! hurle-t-elle.

Un Pokémon rose et blanc qui a une longue langue visqueuse jaillit de la Poké Ball.

– Smogogo et Empiflor! ordonne James. Déchiquetez-le!

– Arbok et Excelangue, aidez-le! ajoute Jessie.

Les Pokémon de la Team Rocket avancent vers l'Insécateur de Jacky. Pikachu veut aider Insécateur, mais celui-ci lui fait comprendre de ne pas s'en mêler. Il ne veut pas d'aide, il lui faut combattre seul.

– Il va se battre pour retrouver sa fierté de guerrier!

s'exclame Jacky.

Insécateur regarde Jacky. Il sait que Jacky comprend maintenant. Il est prêt à obéir aux ordres de son Dresseur.

C'est Miaouss qui, le premier, lance un défi à Insécateur.

– Attaque! s'écrie Jacky.

Insécateur rugit férocement. Avec une de ses grandes ailes, il fouette Miaouss. Celui-ci vole dans les airs.

– Excellent, Insécateur, le félicite Jacky.

Insécateur s'élève au-dessus du sol; il attend la prochaine attaque. Sacha voit Excelangue et Empiflor

se faufiler derrière le Pokémon guerrier. Jacky les a vus lui aussi. Excelangue attaque par la gauche et Empiflor, par la droite.

– Regarde en bas, Insécateur! s'écrie Jacky.

En un rien de temps, Insécateur vole un peu plus haut. Plutôt que d'attraper Insécateur, Excelangue et Empiflor s'écrasent l'un contre l'autre.

Le combat n'est pas terminé pour autant. Arbok fend l'air. Sacha sait qu'Insécateur doit se méfier de sa piqûre empoisonnée.

– Vive-Attaque, ordonne Jacky.

Insécateur tourne autour d'Arbok en bougeant

vers la gauche et vers la droite. Arbok tente d'attraper Insécateur, mais celui-ci est trop rapide. Arbok manque son coup et tombe sur le sol.

Empiflor reprend ses esprits et retourne dans la mêlée. Mais Insécateur utilise son attaque Tranche pour tailler quelques feuilles d'Empiflor, et la grosse plante bat en retraite.

– Ça a marché! se réjouit Sacha.

Mais il est quand même inquiet : Insécateur est faible et hors d'haleine. Sacha ne sait pas combien de temps il pourra encore se battre avant de s'évanouir.

– Arbok, Dard-Venin! ordonne Jessie.

Le Pokémon Cobra lance sur Insécateur une pluie d'aiguilles pointues dégoulinantes de poison. Insécateur est trop faible pour riposter.

Sacha tressaille.

– Ne les laisse pas gagner, Insécateur! s'exclame-t-il.

Mais au fond de lui, il sait qu'Insécateur est trop faible pour gagner ce combat.

Un vieil ami
à la rescousse

Insécateur se tord de douleur. Arbok s'approche pour lui donner le coup de grâce. Insécateur reçoit une nouvelle avalanche d'aiguilles empoisonnées.

Sacha détourne les yeux. Il ne peut pas supporter ce spectacle.

Mais un bruit d'ailes le pousse à regarder à nouveau. Une silhouette indistincte vient se placer devant Insécateur. C'est le nouveau chef de l'essaim d'Insécateur! Le jeune Insécateur fait dévier les aiguilles avec ses ailes.

– Il prend la défense de notre Insécateur! s'exclame Jacky, joyeusement.

Jessie semble déterminée.

– Attaquez tous les quatre ensemble, ordonne-t-elle à ses Pokémon.

Les Pokémon de la Team Rocket sont maintenant aussi faibles que l'était Insécateur. Jacky et Insécateur travaillent ensemble et réussissent à les battre facilement. Insécateur soulève ses ailes brillantes pour repousser une nouvelle attaque d'Arbok. Puis il les replie l'une sur l'autre. De l'énergie jaillit du bout de ses ailes acérées et frappe les Pokémon de la Team Rocket. Le coup les assomme tous.

Jessie ne perd pas espoir. Elle soulève son lance-missile.

– Il me reste encore un coup! dit-elle.

– Pikachu! ordonne Sacha. Tonnerre!

Pikachu lance un puissant éclair qui électrifie Jessie, James et Miaouss. Ils se sauvent à toutes jambes dans la forêt. Mais avant qu'ils ne s'éloignent, Insécateur utilise une dernière attaque Tranche pour leur tondre la tête. Il ne leur laisse qu'une bande de cheveux au milieu.

Sacha, Ondine et Jacky rient de la nouvelle coiffure de la Team Rocket. Un essaim de Dardargnan les survole. Une procession de Chenipan grimpe sur un

arbre tout près.

– Euh, les amis, bredouille Ondine, que diriez-vous de quitter immédiatement cette île infestée d'insectes?

Sacha et Jacky sourient.

– Bon, d'accord, Ondine.

Toute la bande retourne vers la plage, suivie d'Insécateur et de son essaim. Tandis que Sacha relâche Lokhlass, Jacky regarde Insécateur dire au revoir à son ancien essaim avant de retourner dans sa Poké Ball. Puis les amis montent sur le dos de Lokhlass et s'éloignent sur la mer.

Peu de temps après, ils voient apparaître une autre

île. Sur le rivage poussent des arbres verts luxuriants remplis de fruits tropicaux.

— Arrêtons-nous ici, suggère Sacha dont l'estomac gargouille bruyamment. J'ai faim!

— Cet endroit me semble parfait, reconnaît Ondine. J'ai besoin d'un peu de repos loin des insectes!

— Lokhlass, amène-nous jusqu'à l'île, demande

Sacha.

Les amis atteignent vite le rivage. Pikachu a hâte de commencer à explorer.

— *Pika, Pika*, dit-il à Togepi.

— *Togi, Togi!* dit le bébé Pokémon en gazouillant.

— Ne vous éloignez pas trop, vous deux, les avertit Sacha tandis qu'ils vont jouer plus loin.

Sacha, Ondine et Jacky explorent la plage à la

recherche de quelque chose à manger. Soudain, une noix tombe du ciel. Sacha la reçoit en plein sur la tête. Il regarde en l'air et voit un étrange Pokémon beige qui le survole.

— Hé! Cela ressemble à... commence Sacha.

Dexter finit sa phrase : « Canarticho, le Pokémon Canard Fou. Ce Pokémon extrêmement rare tient toujours un légume avec lequel il construit son nid. »

Jacky est enthousiasmé par leur découverte.

— C'est un Pokémon très rare! s'exclame-t-il. Il faut que j'aille l'observer.

— Et si nous commencions par une collation? suggère Ondine.

— Il semble y avoir beaucoup de fruits et de Baies sur l'île. Je ne crois pas que ce soit difficile de trouver à manger, réplique Jacky qui cueille quelques fruits tropicaux dans un arbre.

– Parfait! Reposons-nous ici toute la journée, déclare Sacha. Nos Pokémon ont besoin d'un peu de repos eux aussi.

Sacha lance quatre Poké Balls dans les airs.

– Carapuce, Bulbizarre, Dracaufeu, Ronflex, sortez de votre Poké Ball! s'écrie Sacha en libérant ses Pokémon.

Carapuce est un Pokémon Minitortue. Bulbizarre a un bulbe sur le dos. Dracaufeu est un Pokémon de type Feu-Vol et ressemble à un dragon orange. Et Ronflex, le Pokémon Pionceur, est le Pokémon le plus énorme et le plus paresseux que l'on connaisse.

Ondine se spécialise dans les Pokémon de type Eau. Elle relâche Stari, un Pokémon en forme d'étoile, et Poissirène, un élégant Pokémon qui ressemble à un superbe poisson rouge, et les envoie jouer dans les vagues avec Lokhlass.

Enfin, Jacky sort deux Poké Balls.

– Mimitoss! Marill!

Les Pokémon s'amusent joyeusement sur la plage. Marill laisse Togepi se servir de sa queue ronde comme d'un jouet.

Puis Sacha remarque que Jacky a oublié de relâcher son nouveau Pokémon, Insécateur, un Pokémon de type Insecte-Vol.

Jacky lance la Poké Ball dans les airs. Insécateur apparaît enfin. Il grogne et souffle. Les autres Pokémon

tressaillent et s'éloignent. Ils regardent fixement ses ailes acérées et brillantes.

– Oh! Vous n'avez pas encore été présentés à Insécateur, n'est-ce pas? Eh bien, les amis, dites bonjour à Insécateur, dit Sacha en riant.

Les Pokémon souhaitent timidement la bienvenue à Insécateur. Il répond par un terrible rugissement.

– Tu es censé leur dire bonjour, pas les faire mourir de peur! dit Ondine à Insécateur.

Elle prend Togepi dans ses bras et le serre bien fort.

Togepi se dégage des bras d'Ondine. Il sautille jusqu'à Insécateur.

– *Togi, Togi*, couine-t-il.

Insécateur baisse la tête pour regarder l'adorable bébé Pokémon et cesse de grogner. Lorsque les autres Pokémon voient que Togepi est en sécurité, ils s'approchent un à un d'Insécateur. Tous, sauf Dracaufeu, naturellement. Depuis que Sacha a fait évoluer Reptincel en Dracaufeu, il a du mal à se faire obéir de son Pokémon.

– Tu devrais te présenter à Insécateur, toi aussi, Dracaufeu, lui conseille Sacha.

Dracaufeu tourne le dos à Sacha.

– Allez, Dracaufeu! Écoute-moi! gémit Sacha.

Dracaufeu se retourne et lance une boule de feu vers Sacha. Mais il manque sa cible et la boule de feu frappe Insécateur! Celui-ci vient se placer devant Dracaufeu et rugit avec force.

– Dracaufeu, non! hurle Sacha.

– Insécateur, laisse tomber! ordonne Jacky.

Mais les deux Pokémon font la sourde oreille. Ils se regardent dans les yeux avec colère.

– Je pense qu'ils vont se battre! s'écrie Sacha.

6

Vous appelez ça du repos?

Bravement, Sacha tente de s'interposer. Il se glisse entre Insécateur et Dracaufeu.

– Pas de combat! Aujourd'hui, c'est jour de repos! hurle-t-il.

Insécateur et Dracaufeu reculent un peu. Ils continuent tous les deux à grogner. Leur relation commence bien mal.

– La situation n'est vraiment pas rose, fait remarquer Ondine. Je pense qu'ils ne s'entendront jamais!

– Peut-être seront-ils de meilleure humeur lorsqu'ils auront l'estomac plein, avance Jacky. C'est le temps de trouver quelque chose à manger!

Sacha et ses amis passent la matinée à se promener

dans l'île. Ils cherchent de quoi manger et trouvent beaucoup de fruits et de légumes. Ils installent leur campement sur la plage. Puis ils commencent à cuisiner.

Ronflex s'approche lourdement et avale d'une bouchée tout ce qu'ils ont préparé.

— Ronflex, non! s'exclame Sacha.

Il contemple la casserole vide et entend son estomac gargouiller. L'énorme Pokémon n'a même pas laissé une miette.

— Il a tout dévoré, constate-t-il.

Repu, Ronflex s'étend et s'endort instantanément.

— La vie de Ronflex est quand même simple : il mange quand il a faim et dort quand il a sommeil, fait remarquer Jacky.

— Tu as raison, approuve Ondine en sortant de son sac quelques fruits et légumes. Au moins, Ronflex n'a pas trouvé ceux-là!

Les trois amis sourient.

— Venez manger! s'écrie Sacha.

Tous les Pokémon cessent de jouer dans l'eau et dans les arbres. Ils s'approchent du campement pour avoir de la nourriture. Les amis s'aperçoivent qu'un Pokémon s'est ajouté au groupe.

— Qu'est-ce que Rondoudou fait ici? demande Ondine lorsqu'elle remarque le Pokémon rose aux grands yeux.

— Oh non! s'écrie Sacha.

Il sait que Rondoudou adore chanter. Il sait aussi que la mélodie de Rondoudou endort tous ceux qui l'entendent.

– Sauve-qui-peut! hurle Jacky.

Trop tard! Rondoudou s'est déjà mis à chanter sa berceuse hypnotisante. Sacha, Ondine, Jacky et tous les Pokémon tombent rapidement endormis.

Lorsqu'ils se réveillent, Rondoudou a disparu. Mais il leur a laissé un petit souvenir : tout le monde a plein de gribouillis sur le visage. Rondoudou a écrit sur eux avec son marqueur noir!

Sacha secoue la tête. C'est toujours comme ça : vexé de voir son auditoire s'endormir, Rondoudou se venge avec son marqueur.

Sacha et ses amis sont maintenant affamés. Ils se nettoient le visage et laissent Ronflex dormir un peu plus longtemps. Ils dévorent les fruits et les légumes qu'Ondine avait dans son sac. Tout le long du repas, Insécateur et Dracaufeu ne cessent de grogner.

— Je n'ai pas l'impression que la nourriture va régler le problème, fait remarquer Ondine.

Tandis que Sacha tente de maintenir une bonne distance entre Insécateur et Dracaufeu, des visiteurs inattendus surgissent sur un rocher derrière le campement : la Team Rocket.

— Quelle coïncidence! s'exclame Jessie en ricanant. Nous venons ici pour nous détendre, et nous tombons

encore sur ces morveux!

— Ce n'est pas grave, ajoute James. Au lieu de nous reposer, nous allons enfin capturer Pikachu.

James lance une Poké Ball dans les airs et Empiflor en sort.

— Poudre Dodo! ordonne James.

La Poudre Dodo d'Empiflor se répand sur le campement. En quelques secondes, Sacha et ses amis se rendorment.

— La Poudre Dodo d'Empiflor est très efficace, fait remarquer Miaouss.

— C'est que je lui ai donné un très bon entraînement, se vante James. Excellent, Empiflor!

James tente de féliciter son Pokémon, mais Empiflor l'engloutit dans son immense bouche en forme de fleur.

— Je suis ton Dresseur, pas ton dessert! proteste James.

Jessie dégage James.

— Allez, viens, Dresseur parfait, dit Jessie d'un ton moqueur. On a des Pokémon à capturer.

La Team Rocket lance de longues cordes sur le campement. Chaque corde se termine par une ventouse. Les cordes fendent l'air et chaque ventouse se colle à un Pokémon. Jessie et James tirent les Pokémon à eux.

— C'est presque trop facile! se réjouit James. Nous allons capturer tous les Pokémon avant même que Sacha ouvre un œil!

7

Le combat reprend

Tandis que Jessie et James s'escriment à tirer tous les Pokémon à eux, Insécateur et Dracaufeu se réveillent. Insécateur utilise ses ailes acérées pour couper les cordes et libérer les autres Pokémon. Ceux-ci retournent vers le campement en courant et entourent leurs Dresseurs.

Les rugissements de Dracaufeu et d'Insécateur tirent Sacha de son sommeil.

– Qu'est-ce qui se passe? demande Ondine d'une voix ensommeillée en ouvrant les yeux.

– Je ne sais pas, répond Jacky, à moitié endormi lui aussi.

La Team Rocket arrive au campement.

– Nous ne voulons pas vous déranger, dit Miaouss, nous voulons seulement vous dévaliser!

– Préparez-vous! menacent Jessie et James.

– Nous ne vous donnerons jamais nos Pokémon! riposte Sacha d'un ton ferme en réunissant ses Pokémon autour de lui.

– Nous pourrions vous battre tous les trois, même pendant notre sommeil! ajoute Ondine.

La Team Rocket libère Arbok et Smogogo. Bientôt, la fumée étouffante de Smogogo remplit l'air, mais

cette fois, les amis n'ont aucune crainte. Ils savent que l'attaque Danse-Lames d'Insécateur va disperser la fumée en un rien de temps. Effectivement, une nouvelle fois, le Pokémon Mante commence à tourner sur place. Il crée ainsi un tourbillon qui ressemble à une mini-tornade. Bientôt, tout le brouillard est dissipé.

Sacha regarde Insécateur d'un air inquiet. Il est encore faible, et l'attaque Danse-Lames exige beaucoup d'énergie. Il va avoir besoin d'aide.

– Bulbizarre! ordonne Sacha, Fouet Lianes!

Le bulbe sur le dos de Bulbizarre s'ouvre. De longues lianes vertes sifflent dans les airs et frappent

Arbok. Elles cinglent le Pokémon de type Poison.

– Parfait! s'exclame Sacha. Carapuce, Pistolet à O!

Carapuce arrose Jessie, James et Miaouss d'un violent jet d'eau. La force de l'impact les fait voler dans les airs.

– Maintenant, Pikachu! s'écrie Sacha. Éclair!

Une décharge qui ressemble à un éclair file dans les airs pour électrifier la Team Rocket.

Lorsque Dracaufeu voit le combat, il veut participer, lui aussi. L'énorme Pokémon lance une traînée de feu en plein sur la Team Rocket.

– Aïe! hurlent les membres de la Team Rocket. C'est chaud!

Jacky regarde Insécateur. Il sait qu'Insécateur retrouverait sa fierté s'il pouvait gagner le combat.

– Insécateur! Coud'Krâne pour terminer!

Une énergie lumineuse et vive entoure Insécateur qui fonce sur la Team Rocket. Le trio disparaît aussi vite qu'il est apparu.

– Beau travail, tout le monde! lance Sacha.

Les Pokémon regardent autour d'eux avec fierté. Tous, sauf Insécateur et Dracaufeu.

Les deux gros Pokémon grognent en se toisant. Il y a du combat dans l'air!

8

Il était moins une

– *Dra!* rugit le Pokémon Flamme.

– *Insé!* siffle le Pokémon Mante.

Sacha semble inquiet. Insécateur et Dracaufeu ont tellement de choses en commun. Ce sont tous les deux de puissants Pokémon. Mais c'est évident qu'entre ces deux-là, le courant ne passe pas. Pourront-ils devenir amis, un jour?

– Ça suffit, vous deux! s'exclame Sacha.

– Sacha, je ne pense pas qu'ils veuillent se battre, dit Ondine. Je crois qu'ils veulent juste avoir l'air de deux durs.

– Je suis d'accord avec elle, acquiesce Jacky. Ils ont constaté qu'ils pouvaient utiliser leur immense pouvoir ensemble pour gagner un combat.

– J'espère que vous avez raison, conclut Sacha. Ce serait un souci de moins.

Sacha lance une Poké Ball, dans les airs.

– Dracaufeu, dans ta Poké Ball, ordonne-t-il.

Sacha, Jacky et Ondine rappellent tous leurs Pokémon et se dirigent vers la plage où Lokhlass, leur taxi aquatique, les attend tranquillement. Ils s'installent sur son dos et s'éloignent en fendant les vagues bleu clair de l'océan.

– Au moins, nous nous sommes reposés sur cette île, dit Sacha en riant.

– Je ne pensais pas que nous aurions besoin de

Rondoudou et de la Poudre Dodo d'Empiflor pour dormir un peu, ajoute Ondine.

– *Pika, Pika!* renchérit Pikachu.

Les amis rient de bon cœur tout en voguant sur l'eau turquoise.

C'est une journée fantastique. Le ciel d'un bleu intense est parsemé de petits nuages blancs cotonneux. Une douce brise rafraîchit les amis. Les vagues apaisantes les bercent doucement. Ils sont confortablement étendus sur le dos de Lokhlass et profitent de cette belle promenade jusqu'à ce que... *Boum! Plouf!*

Quelque chose se dirige en plein sur Lokhlass!

– Attention! hurle Jacky.

Une énorme vague projette presque les amis dans la mer. Jacky, Sacha et Ondine s'accrochent à Pikachu et à Togepi de toutes leurs forces.

– Nous allons entrer en collision! prévoit Ondine qui vient d'apercevoir un bateau en face d'eux.

La puissance et la vitesse du bateau créent de grosses vagues. Le désastre semble impossible à éviter.

À la dernière seconde, le bateau dévie et évite Lokhlass. Il est passé à quelques centimètres seulement.

– Hé! Regardez où vous allez! dit une voix qui provient du bateau.

Ondine est furieuse.

– Ce serait plutôt à toi de regarder où tu vas! Tu es vraiment imprudent! Tu aurais pu blesser quelqu'un! Ce serait à toi de t'excuser!

Sacha regarde vers le bateau et aperçoit un garçon plus grand que Jacky. Il a les cheveux foncés.

– Je suis désolé. Je m'appelle Marc, dit le garçon en souriant. Tu dois être Sacha.

Sacha rougit.

– Oui, c'est moi. Comment le sais-tu?

– J'ai entendu dire à l'Arène que tu es un Dresseur redoutable, explique Marc.

– Ça se peut, répond Sacha d'un ton léger.

Mais, en fait, cette remarque lui fait extrêmement plaisir. Tout en se promenant dans l'Archipel Orange, il s'est battu pour obtenir des Badges afin de participer aux compétitions de la Ligue Orange. Jusqu'à maintenant, il n'a pas trop mal réussi. Ondine le ramène sur terre.

– Tout ce qu'il sait utiliser, c'est la puissance de ses Pokémon, dit-elle pour le taquiner.

– Ça me convient, dit Marc en rigolant. J'aime bien les Pokémon et les Dresseurs robustes. Qu'en dis-tu Sacha? Aimerais-tu comparer ta force avec la mienne?

Sacha regarde autour de lui. Il est honoré du compliment, mais un peu embarrassé devant ses amis.

Cependant, il n'a jamais refusé un combat.

– J'accepte! répond-il.

– Montez à bord, dit Marc.

Ondine, Jacky, Sacha et Pikachu montent dans le bateau de Marc. Sacha fait rentrer Lokhlass dans sa Poké Ball.

– Regarde là-bas, dit Marc en montant du doigt une petite pointe sur la mer devant eux. Tu vois? Nous allons nous battre sur cette île déserte.

Le puissant bateau de Marc les emmène sur l'île en un rien de temps. Lorsqu'ils ont mis pied à terre, Marc déclare :

– Que dirais-tu d'un combat à deux contre deux?

– Pas de problème! dit Sacha confiant.

Il chuchote à Pikachu :

– Je compte sur toi, Pikachu. Gagnons cette première ronde.

Sacha sait que son ami ne le laissera jamais tomber.

– Je vois, commente Marc. Un Pokémon de type Électrik. Dans ce cas, je sais qui utiliser!

Marc appelle Tartard, un Pokémon de type Eau et de type Combat mauve dont le ventre arbore une spirale noire. C'est la première fois que Sacha et Pikachu voient ce genre de Pokémon. Ils ne savent pas quoi faire. Sacha sort Dexter.

« Tartard, le Pokémon Têtard, explique Dexter.

C'est un excellent nageur. Tartard a des muscles bien développés. C'est pour cela que ses attaques sont formidables. »

— *Pika*, *Pika*, interroge Pikachu en montrant la ceinture qui enserre la taille de Tartard.

— C'est quoi, cette ceinture? demande Ondine.

— C'est la ceinture que Tartard a gagnée au championnat de ma ville d'origine, explique Marc. Je te l'ai dit, Sacha, j'aime les Pokémon puissants. Cette ceinture prouve la force de Tartard.

— Mais les Pokémon de type Eau sont faibles contre les Pokémon de type Électrik, chuchote Ondine à

Sacha. Pikachu devrait gagner ce combat facilement.

Marc et Tartard entendent les paroles d'Ondine. Ils se regardent et éclatent de rire.

La confiance de Marc rend Sacha un peu nerveux. Mais il ne le laisse pas paraître. Sacha et Pikachu font bravement face à Marc et à Tartard.

– Attention, Sacha! le prévient Jacky. Il doit avoir une bonne raison pour utiliser un Pokémon de type Eau.

9

Jeu de puissance

— Vas-y, Pikachu, ordonne Sacha. Tonnerre!

Pikachu crépite d'électricité. Le mignon Pokémon jaune lance un formidable coup de foudre. Un éclair aveuglant frappe Tartard. La plupart des Pokémon auraient été renversés par cette attaque, mais Tartard ne faiblit même pas.

— Tartard! ordonne Marc. Reflet!

Sacha regarde avec stupéfaction le Pokémon musclé se dédoubler. Il y a maintenant deux Tartard plutôt qu'un seul! Le duo entoure Pikachu.

— Pikachu! avertit Sacha. Ne te laisse pas avoir. Vive-Attaque!

En un clin d'œil, Pikachu envoie une autre décharge

électrique, qui force les deux Pokémon à redevenir un seul Tartard. L'attaque Reflet a été contrée, mais Tartard a encore l'air fort.

– Hypnose! ordonne Marc à son Pokémon.

Tartard se retourne et regarde Pikachu droit dans les yeux. Le petit Pokémon semble étourdi. Tartard a fait entrer Pikachu en transe!

– Maintenant, Tartard, s'écrie Marc, Pistolet à O!

Tartard crache un jet d'eau qui ressemble à une lance d'incendie. Sous la force de l'impact, Pikachu vole dans les airs. Lorsqu'il atterrit, Sacha constate qu'il s'est évanoui. Pikachu a perdu le combat!

– Que s'est-il passé? demande Sacha à ses amis.

Il était tellement certain que Pikachu et lui gagneraient ce combat!

– C'est une question de psychologie, explique Jacky. Sachant que tu étais persuadé que Pikachu pouvait facilement battre Tartard, Marc l'a utilisé. Tu ne t'es pas méfié.

– Un Dresseur et ses Pokémon doivent avoir beaucoup d'expérience pour tenter quelque chose comme ça, ajoute Ondine.

– Qui a envie de voir un combat gagné grâce au type de Pokémon utilisé? explique Marc. Un excellent Dresseur montre ses techniques d'entraînement au cours du combat.

– Je sais quel guerrier pourrait battre ton Tartard, dit Jacky en libérant Insécateur.

– Non, Jacky, intervient Sacha. C'est mon combat.

Sacha n'est pas prêt à concéder si facilement la victoire à Marc. Si Marc aime le pouvoir, il va être

servi. Sacha prend une de ses Poké Balls et la lance dans les airs.

Jacky rappelle Insécateur. Il aurait préféré que son ami n'agisse pas de façon aussi insensée.

– J'espère qu'il ne va pas... murmure Ondine.

– Vas-y, Dracaufeu! ordonne Sacha.

Apeurés, Jacky et Ondine serrent les dents. Ils savent à quel point Sacha a du mal à se faire obéir de Dracaufeu.

Le Pokémon têtu écoutera-t-il, cette fois?

— J'espère que tout ira bien, dit Jacky à son ami.

— Ne t'inquiète pas, répond Sacha. Je sais que Dracaufeu peut faire ça pour moi.

En entendant son nom, Dracaufeu se retourne et regarde Sacha. Puis il ouvre sa gueule monstrueuse et crache des flammes qui frôlent le visage de Sacha.

— Il n'écoute même pas son Dresseur! se moque Marc. Pourquoi fais-tu appel à un Pokémon comme ça?

— Tu as tort, s'exclame Sacha. Montre-lui, Dracaufeu!

Comme d'habitude, Dracaufeu n'écoute pas les ordres de Sacha. Il s'envole. Il plane et effleure l'eau.

— Dracaufeu! hurle Sacha. Dracaufeu! Allez! Venge Pikachu!

Mais le puissant Pokémon refuse d'obéir. En fait, il passe à côté de Sacha et le renverse avec son énorme queue.

— Je t'en prie, Dracaufeu, supplie Sacha. Tu es mon ami, n'est-ce pas? Montre-lui!

Dracaufeu se retourne vers Sacha. Encore une fois, il crache des flammes vers son Dresseur.

— Aïe! s'écrie Sacha.

— Il n'écoute pas Sacha, constate Jacky.

L'Insécateur de Jacky approuve par un grognement. Insécateur sait qu'il pourrait se battre mieux que Dracaufeu.

— Ce n'est pas la première fois, ajoute Ondine. Mais on dirait que c'est pire que d'habitude.

— C'est sans espoir, intervient Marc. Je vais te montrer ce qu'est un vrai combat de Pokémon. Tartard, Pistolet à O!

Encore une fois, Tartard lance un jet d'eau. Cela agace Dracaufeu. Il crache une boule de feu sur Tartard. Mais le Pokémon expérimenté l'évite habilement.

— Ce Tartard est extrêmement fort, fait remarquer Ondine, admirative.

— Calme-toi, Dracaufeu, dit Sacha à son Pokémon. Utilise une attaque sans feu. Ultimapoing!

Dracaufeu a entendu l'ordre, mais il fait la sourde oreille. Il essaie plutôt d'utiliser sa flamme puissante pour imiter le Pokémon de type Eau. Tartard contre-attaque rapidement avec une fontaine d'eau.

— Ça ne marche pas, Dracaufeu, essaie d'expliquer Sacha. Le feu ne marche pas contre ce Tartard.

— Je commence à m'ennuyer, dit Marc en bâillant. Je crois que c'est le moment de mettre un terme à ce combat. Tartard, Laser Glace!

Un vent froid se met à souffler. Tartard réunit ses mains. Il crée une boule de glace blanche et brillante, et la lance sur Dracaufeu. Sacha tente d'avertir son Pokémon, mais Dracaufeu ne l'écoute pas. Laser Glace frappe Dracaufeu. Le puissant Pokémon Flamme est prisonnier d'un bloc de glace. Il ne peut plus bouger!

– Dracaufeu? Est-ce que ça va? lui demande Sacha.

– Bon travail, Tartard, dit Marc en caressant son Pokémon primé.

Marc fait rentrer Tartard dans sa Poké Ball.

– Que dirais-tu d'un combat de revanche lorsque tu auras appris à te faire écouter de ce gros bêta? dit-il à Sacha en retournant vers la plage.

Ondine, Jacky et Sacha entourent le Dracaufeu

congelé.

– C'est très grave, Sacha, dit doucement Jacky à son ami. Je ne suis pas certain que Dracaufeu puisse s'en remettre.

10

Ça va chauffer!

– Dracaufeu va se rétablir, j'en suis certain, déclare Sacha avec détermination. Je ne suis peut-être pas capable de le dresser, mais je vais faire tout ce que je peux pour le guérir.

– Qu'est-ce qu'on peut faire pour t'aider? demande Ondine.

– *Pikachu*, ajoute Pikachu.

– *Togi*, dit le bébé Pokémon d'Ondine.

Même Insécateur semble vouloir aider.

Sacha doit trouver un plan.

– Nous pourrions probablement faire des feux, suggère Ondine.

Sacha et Jacky sont d'accord. La chaleur dégagée

par les feux pourrait faire fondre la glace et réchauffer Dracaufeu.

Sacha, Ondine et Jacky arpentent le rivage pour trouver du bois d'allumage. Puis ils font de petits feux tout autour de Dracaufeu.

Sacha reste avec Dracaufeu tandis que Jacky et Ondine retournent chercher du bois. Le bloc de glace dans lequel l'énorme créature est prisonnière commence à fondre. Sacha dégage ce qui dépasse. Ses mains sont rouges et lui font mal.

Bientôt, les feux ont réussi à faire fondre toute la glace. Mais Dracaufeu est encore très froid.

– Accroche-toi, Dracaufeu! dit Sacha, préoccupé.

– J'ai trouvé des couvertures, dit Jacky en les tendant à Sacha.

– Regarde tes mains, Sacha! s'exclame Ondine. Tu devrais frotter Dracaufeu avec les couvertures pour ne pas te blesser davantage.

– Ce n'est rien quand on pense à ce que Dracaufeu doit endurer, dit-il tristement.

Il sait que c'est à cause de lui que Dracaufeu est en si mauvaise posture.

Ondine et Jacky étendent les couvertures sur Dracaufeu.

– Je crois que nous devrions le frictionner, nous aussi, suggère Ondine à Jacky.

Les trois amis s'activent jusqu'à la tombée de la nuit. Du museau à la queue, ils frictionnent Dracaufeu. Pikachu et Togepi se mettent de la partie eux aussi. Même Insécateur active les feux avec ses ailes. Mais ils ont beau tout essayer, Dracaufeu n'a pas l'air d'aller mieux.

Jacky et Ondine bâillent.

– Vous devriez dormir un peu, leur dit Sacha.

Les amis de Sacha ne veulent pas l'abandonner, mais ils sont trop fatigués pour discuter. Pikachu, Togepi et Insécateur finissent par s'endormir peu après. Sacha reste seul avec le Pokémon qui lui a causé

tant d'ennuis.

— Allez, Dracaufeu, chuchote Sacha. Dépêche-toi de te remettre.

Comme s'il obéissait aux ordres de Sacha, Dracaufeu ouvre les yeux. Sacha y voit une toute petite flamme briller.

— C'est ça, Dracaufeu, dit Sacha.

Dracaufeu est trop faible pour garder les yeux ouverts. Sacha repense à tout ce qu'il a vécu avec son Pokémon. Il se souvient à quel point Dracaufeu était mignon lorsqu'il était un petit Salamèche. Il se souvient d'avoir pris soin de Salamèche pour qu'il recouvre la santé lorsqu'il avait été abandonné sous la pluie par un autre Dresseur. Il se souvient de la fois où Salamèche est devenu Reptincel, et de celle où Reptincel a finalement évolué pour devenir Dracaufeu.

— Écoute, Dracaufeu, dit Sacha, je sais que je ne suis peut-être pas le meilleur Dresseur. Et je sais que tu ne veux pas te battre contre des Pokémon de niveau inférieur. Si tu n'écoutes pas, c'est peut-être parce que je ne suis pas un Dresseur de niveau élevé. Mais un jour, j'aurai acquis suffisamment d'expérience pour me battre à tes côtés. C'est mon rêve, que nous formions une équipe de combat. Et Dracaufeu, je sais que nous gagnerons.

Dracaufeu essaie de se mettre debout. Il lâche

un petit nuage de fumée de même qu'un faible grognement. Sacha sait que Dracaufeu est sur le point de retrouver ses forces. Il va vite chercher du bois pour alimenter les feux qui entourent son Pokémon.

– Repose-toi encore un peu, lui dit Sacha d'une voix endormie. Demain matin, tout ira mieux.

Lorsque le jour se lève, Jacky, Ondine et les autres Pokémon se réveillent. Ils trouvent Sacha endormi sur le dos de Dracaufeu.

– Sacha, murmure Ondine à son oreille, c'est l'heure de te lever.

– L'état de Dracaufeu s'est-il amélioré pendant la nuit? demande Jacky.

– Juste un peu, soupire Sacha.

Sacha descend du dos de Dracaufeu. Le puissant Pokémon se tortille et se retourne. Puis, dans un grand

grondement, Dracaufeu se lève et crache une belle flamme.

– On a réussi, Sacha! s'écrient Jacky et Ondine à l'unisson.

Ils s'élancent pour faire un gros câlin à Dracaufeu.

– *Pika, Pika!* s'exclame Pikachu.

– *Insé*, souffle Insécateur.

Il semble heureux que l'autre Pokémon ait retrouvé ses forces.

Tous les amis félicitent Dracaufeu. Mais soudain, la terre se met à trembler. Un appareil qui se déplaçait sous terre sort du sol. Il heurte Pikachu qui s'envole dans les airs. Devant les amis pétrifiés, le vilebrequin qui se trouve à l'avant de l'appareil se sépare en deux. Pikachu tombe au milieu et se retrouve prisonnier.

Étourdi par la poussière et le bruit, Sacha ne comprend pas ce qui se passe.

– Qu'est-ce que c'est? hurle Ondine.

La réponse vient rapidement : Jessie, James et Miaouss sortent de l'appareil. C'est encore un coup de la Team Rocket!

– Merci pour ton Pikachu! dit Jessie à Sacha.

Sacha regarde autour de lui. Puis il se rend compte que Pikachu est enfermé dans une boîte transparente à l'intérieur de l'appareil.

– C'est la boîte hermétique résistant à l'électricité que nous attendions, dit Miaouss en ronronnant.

– Nous sommes enfin récompensés de nos années de souffrance, ajoute James. Nous t'avons eu, Pikachu.

– Eh bien, nous ne voulons pas nous imposer; alors,

au revoir! crie Jessie en ricanant.

La Team Rocket rentre dans l'appareil qui démarre et se fraie un chemin sous terre. Sacha se précipite derrière.

– Sacha, arrête! s'écrie Jacky. C'est trop dangereux.

– Il faut que je récupère Pikachu, répond Sacha. Je me fiche du danger!

Dracaufeu vole au-dessus de Sacha et le soulève.

– Merci Dracaufeu! s'écrie Sacha.

Dracaufeu se dirige maintenant vers le tunnel creusé par l'appareil.

– On dirait que Dracaufeu veut vraiment aider Sacha, fait remarquer Ondine.

– Je sais, approuve Jacky. Mais est-il assez fort?

Un Pokémon
obéissant

À la poursuite de la Team Rocket, Sacha et Dracaufeu s'enfoncent dans les tunnels puis ressortent à la lumière du jour. Le puissant Pokémon rugit de colère. De petites flammes s'échappent de sa gueule.

– Fais attention, Dracaufeu! avertit Sacha. N'oublie pas que le feu brûlerait Pikachu aussi!

Sacha essaie de penser à d'autres tactiques qu'il pourrait utiliser. Il ne veut absolument pas que Pikachu soit blessé.

– Dracaufeu, demande-t-il, pourrais-tu trouver une façon de briser cet appareil?

– *Draco!* gronde le Pokémon Flamme.

Dracaufeu saute dans les airs. Ses énormes pieds atterrissent sur le dessus de l'appareil et le cassent en deux. Pikachu s'envole de nouveau. Dracaufeu attrape la boîte hermétique résistant à l'électricité dans laquelle se trouve Pikachu et casse le verre avec ses dents. Pikachu retombe dans les bras de Sacha.

– Pikachu! s'écrie Sacha en serrant son Pokémon contre lui. Merci, Dracaufeu!

– *Pika, Pika*, dit Pikachu en guise de remerciement.

– Tu ne nous échapperas pas, Pikachu! crie Jessie.

– Nous avons plus d'une carte dans notre jeu, dit Miaouss en appuyant sur un interrupteur.

Des lames rotatives très coupantes apparaissent de chaque côté de l'appareil.

– Attention! s'exclame Sacha.

Les lames frappent Sacha et Pikachu. Tous deux tombent du dos de Dracaufeu et s'évanouissent.

Lorsque Dracaufeu réalise ce qui est arrivé à son Dresseur, il se fâche. Il souffle de la fumée par les narines. Puis une immense boule de feu commence à tourbillonner dans sa gueule. Quelques flammes brûlantes sont dirigées vers la Team Rocket.

– Au feu! hurle James en prenant ses jambes à son cou pour s'éloigner du brasier.

– Ça n'est pourtant pas la saison des vagues de chaleur! crie Jessie.

– *Miiiaouss!* gémit Miaouss lorsque les flammes lui roussissent la queue.

Les cris font revenir Sacha et Pikachu à eux. Ils sont abasourdis. Jamais ils n'ont vu Dracaufeu utiliser une telle puissance de feu. Sacha se tourne vers Dexter pour obtenir une explication.

« Frénésie est l'attaque la plus puissante de Dracaufeu, explique Dexter. L'effet de cette attaque est dévastateur. »

Lorsque Frénésie frappe la Team Rocket, le trio est projeté loin dans l'océan.

– On dirait que la Team Rocket disparaît une fois de plus! hurlent les voleurs malchanceux.

Sacha et Pikachu reviennent à la plage sur le dos de Dracaufeu.

– C'était fantastique, dit Sacha en caressant Dracaufeu. Tu a été super!

– On dirait que Dracaufeu a retrouvé le feu sacré, ajoute Jacky en souriant.

– Tu as réussi, Sacha, le complimente Ondine. Dracaufeu comprend maintenant comment tu te sens.

– Je crois que c'est le début d'une très belle amitié, dit Sacha en souriant.

– *Draco!* gronde Dracaufeu.

Une silhouette familière s'approche et tend la main

à Sacha.

– Félicitations, Sacha, dit Marc.

– Marc! s'exclame Sacha en serrant la main de l'autre Dresseur. Merci.

– De rien, réplique Marc. Maintenant, crois-tu être prêt pour un nouveau combat?

Sacha hésite. Il regarde Dracaufeu. Le Pokémon approuve d'un grognement.

– Bien sûr! dit Sacha. Il se tourne vers son Pokémon de type Feu-Vol.

– Je sais que tu peux réussir, Dracaufeu. Je crois en toi.

Marc ordonne à Tartard d'utiliser son Pistolet à O. Tartard projette de l'eau à partir du milieu de sa ceinture. Le jet d'eau se dirige en plein sur Dracaufeu.

– Envole-toi, Dracaufeu s'écrie Sacha.

Dracaufeu obéit et évite le jet d'eau.

– Regarde! s'exclame Jacky. Dracaufeu a évité l'attaque!

– C'est parce qu'il écoute Sacha maintenant, explique Ondine.

Tartard tente un coup glacial. Mais Dracaufeu fait fondre l'attaque réfrigérante avec une flamme brûlante.

– Ça ne se terminera pas comme hier, dit Sacha à Marc.

– Je n'en suis pas si sûr, dit Marc en ricanant. Dracaufeu est un bon combattant, mais il n'est pas suffisamment bon pour battre mon Tartard. Laser Glace! ordonne-t-il.

Tartard tourbillonne et envoie une douche de glace.

– Envole-toi! ordonne Sacha.

Dracaufeu évite ainsi l'attaque.

– Tartard, Plaquage! hurle Marc.

Tartard se prépare à utiliser sa force musculaire contre Dracaufeu.

Sacha pense vite.

– Dracaufeu, Frappe Atlas!

Dracaufeu s'envole. Il fonce sur Tartard et écrase le Pokémon de type Eau de tout son poids. Puis Dracaufeu soulève Tartard. Il s'envole très haut dans le ciel, tourne sur lui-même et laisse retomber le Pokémon sur le sol.

Tartard ne bouge plus. Il s'est évanoui.

Sacha et Dracaufeu ont gagné le combat!

– Nous avons réussi, Dracaufeu! s'écrie Sacha en caressant l'immense créature.

– Super, Sacha, le félicite Jacky.

– Excellent combat, Sacha, approuve Marc. On pourrait recommencer, un de ces jours.

– Certainement! riposte Sacha.

Ondine sourit à Sacha.

– Si tu continues comme ça, tu vas réaliser ton rêve de devenir un Maître Pokémon, lui dit-elle.

– Qu'est-ce que tu veux dire, Ondine? demande Sacha.

– Maintenant, tu sais que le secret pour devenir un

Maître Pokémon n'est pas la puissance, explique Ondine. C'est l'amitié et le travail d'équipe.

   – Tu as raison, Ondine, répond Sacha. Dracaufeu ne m'aurait jamais écouté si je n'avais pas compris comment il se sentait.

   Sacha, Ondine et Jacky font un signe de la main à Marc qui remonte à bord de son bateau. Sacha veut poursuivre sa route, lui aussi. Il a hâte de relever un nouveau défi. Avec Dracaufeu dans son équipe, Sacha se rapproche de réaliser son rêve de devenir un Maître Pokémon.

Bientôt...

POKÉMON™

La course dangereuse

Destination : danger

C'est la grande course de Ballons Pokémon. Le grand prix? Un Pokémon rare du nom de Minidraco. La favorite se nomme Windy, mais la Team Rocket tend un piège à son équipage.

Sacha et ses Pokémon pourront-ils faire tourner le vent en faveur de Windy pour qu'elle puisse gagner? Les tempêtes de grêle, les essaims de Dardargnan et les crocs de Arbok qui déchirent les ballons n'augurent rien de bon! Mais Sacha ne se laissera pas dégonfler par les mauvais tours de la Team Rocket.

Attrapez-les tous!